世界经典童话小说书系

盒子里的小黑人

著者 / 乔治·麦克唐纳 等　编译 / 张世娟 等

吉林出版集团股份有限公司 | 全国百佳图书出版单位

图书在版编目（CIP）数据

盒子里的小黑人／（英）乔治·麦克唐纳等著；张世娟等编译.
-- 长春：吉林出版集团股份有限公司，2016.12
（世界经典童话小说书系）
ISBN 978-7-5581-2103-6

Ⅰ.①盒… Ⅱ.①乔… ②张… Ⅲ.①儿童故事 – 作
品集 – 世界 Ⅳ.①I18

中国版本图书馆CIP数据核字（2017）第065126号

盒子里的小黑人

HEZI LI DE XIAOHEIREN

著　　者　乔治·麦克唐纳 等
编　　译　张世娟 等
责任编辑　黄　群
封面设计　张　娜
开　　本　16
字　　数　50千字
印　　张　8
定　　价　29.80元
版　　次　2017年8月　第1版
印　　次　2020年10月　第4次印刷
印　　刷　三河市嵩川印刷有限公司
出　　版　吉林出版集团股份有限公司
发　　行　吉林出版集团股份有限公司
地　　址　长春市绿园区泰来街1825号
电　　话　总编办：0431-88029858
　　　　　　发行部：0431-88029836
邮　　编　130011
书　　号　ISBN 978-7-5581-2103-6

　　儿童自然单纯，本性无邪，爱默生说："儿童是永恒的弥赛亚，他降临到堕落的人间，就是为了引导人们返回天堂。"人们总是期待着保留这份童真，这份无邪本性。

　　每一个儿童都充满着求知的欲望，对于各种新奇的事物，都有着一种强烈的好奇心，这样在成长的过程中就不可避免地被好的或坏的事物所影响。教育的问题总是让每个父母伤透了脑筋，生怕孩子们早早地磨灭了童真，泯灭了感知美好事物的天性。童话很好地解决了这个问题，让儿童始终心存美好。

　　徜徉在童话的森林，沿着崎岖的小径一路向前，便会发现王子、公主、小裁缝、呆小子、灰姑娘就在我们身边，怪物、隐身帽、魔法鞋、沙精随时会让我们大吃一惊。展开想象的翅膀，心游万仞，永无岛上定然满是欢乐与自由，小家伙们随心所欲地演绎着自己的传奇。或有稚童捧着双颊，遥望星空，神游天外，幻想着未知的世界，编织着美丽的梦想。那双渴望的眸子，眨呀眨的，明亮异常，即使群星都暗淡了，它也仍会闪烁不停。

童心总是相通的，一篇童话，便会开启一扇心灵之窗，透过这扇窗，让稚童得以窥探森林深处的秘密。每一篇童话都会有意无意地激发稚童的想象力和感知力，让他们在那里深刻地体验潜藏其中的幸福感、喜悦感和安全感，并且让这种体验长久地驻留在孩子的内心，滋养孩子的心灵。愿这套《世界经典童话小说书系》对儿童健康成长能起到一点儿助益，这样也算是不违出版此书的初心了。

编者

2017 年 3 月 21 日

目录
MULU

富商的诡计

很久以前，一个叫贝尔的富商有一个漂亮的独生女儿。

很多人争着上门要定娃娃亲，可是贝尔看不起没有钱的人，觉得他们配不上自己的女儿。提亲的人灰溜溜地走了，再也没有人说想要娶他的女儿了。

"哎，要是我女儿以后嫁不出去了，可怎么办啊？"贝尔望着女儿犯愁了，深深地叹了口气。

"你说是不是因为我们太有钱了，别人不敢娶我们的女儿啊，那女儿以后可怎么办呢？我不能就这么干等着，不如去找个占星师算算。"贝尔急得要哭了，对妻子说道。

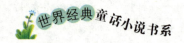

"占星师怎么知道女儿的丈夫是谁?"妻子睁大了眼睛问道。

"这你就不懂了吧,占星师看看天上的星星就能算出谁跟谁是一家的。"贝尔对妻子说。

贝尔带了很多钱去找一个占星师。

"占星师,你给我看看,我的宝贝女儿将来能嫁给谁?"贝尔走上前问道。

"我什么也没看见。"占星师抬头看了看星星说。

"你给我好好看看,我会给你很多钱的。"贝尔急了,拍了拍口袋。

占星师又抬起头看了看星星。

"你女儿以后要嫁给你家隔壁磨坊主的儿子。"他看了好一会儿,才指着远方的一颗星星说道。

贝尔听了很难过,掏出一百个银币给了占星师,然后就回家了。

"我们这么有钱,女儿怎么会嫁给磨坊主的儿子?"回到家，贝尔把这件事告诉了妻子。

妻子听了之后难过地哭了。

"我们能不能把磨坊主的儿子买过来？如果他肯，那么他向我们借的钱就不用还了，你说怎么样？"贝尔想出了一个计策。

"他家那么穷，他应该能把儿子卖给我们。"妻子想了想说。

第二天，贝尔来到磨坊，看见磨坊主的妻子正在拉磨。

"你把儿子卖给我好吗？"贝尔上前问道。

"无论你给我多少钱，我都不会卖。"磨坊主的妻子冷冷地说。

见磨坊主的妻子不答应，贝尔偷偷地把磨坊主叫回家，劝他卖儿子。

"如果将来磨坊的生意不好，那么儿子留在家里也会饿死。贝尔会给我们六百银币，我们可以用这笔钱买个庄园。"磨坊主对妻子说道。

磨坊主的妻子无奈地答应了。

见贝尔过来抱孩子，磨坊主的妻子哭得像个泪人，难过得直扯自己的头发。

"你们放心，孩子在我那里一定会过得很好，我会送孩子出国去学习。"贝尔安慰磨坊主的妻子。

回到家里，贝尔订了一口小棺材。小棺材是用最好的木料做的，看上去很贵重。贝尔在小棺材上涂上厚厚的树脂，

然后把孩子放到里面，上了锁，偷偷地放到河里，让小棺材顺水漂走了。

小棺材在河里漂啊漂，一直漂到另一个磨坊的沟槽里，撞到磨车的轮子，磨车因此停了。这家的磨坊主走出来，想看看发生了什么事儿，一眼就看见一口贵重的小棺材。

"快来看，这儿有个小棺材。"磨坊主对妻子说。

夫妻俩打开棺材，只见里面躺着一个非常漂亮的男孩儿。他们结婚很多年了，一直没有孩子，于是就把孩子留在了身边。

又过了几年，贝尔的女儿还是没有嫁出去。

"快给我算算，我的女儿到底能嫁给谁，我会给你很多钱。"贝尔又找到那个占星师。

"我早就告诉过你，你女儿将嫁给磨坊主的儿子。"占星师不耐烦了。

"我知道，可是那个孩子已经不见了，不能算数。如果你能告诉我，我的女儿现在可以嫁给谁，那么我就给你两百

银币。"贝尔说道。

"你的女儿还是要嫁给磨坊主的儿子。那个可怜的孩子没有死，现在就住在另一家磨坊里。"占星师看了看星星，生气地说道。

贝尔知道女儿的婚事还是跟磨坊主的儿子有关，很快找到这家磨坊。

那个孩子已经长成一个非常帅气的小伙子，帮助这里的磨坊主做了很多事儿。

"你能不能把儿子给我？我会像对自己亲生的孩子一样对他。"贝尔问这里的磨坊主。

"不，我非常爱他，现在我老了，他是我的好帮手，将来还能给我做大事情呢。"磨坊主冷冷地回答道。

"我很想要一个帮手，我可以教他做生意。他在我那里一定会比在你这里过得好。我给你六百银币，你可以买到一座庄园，安度晚年。"贝尔继续劝说磨坊主。

磨坊主想了很久，最终依依不舍地把儿子让给了贝尔。

贝尔带着年轻人到处去做生意。一天，他们住进了一家旅店，旅店位于一片森林的边上。

贝尔告诉年轻人发生了紧急的事情，让年轻人马上送信回家，并给妻子传个口信，让她必须按照信里说的去做。

年轻人怎么也不会想到，贝尔在信里吩咐妻子点着一堆篝火，把年轻人推到火堆里去，如果妻子不按照他说的去做，等他回家，就要把妻子烧死。

年轻人带着信出发了。走着走着，天就黑了，森林里出现一座房子，年轻人快步走进去。房子里空无一人，有好几张大床，床上已经铺好了被褥。年轻人累极了，就躺在床上，把信塞进帽子里，不一会儿就睡着了。

过了一会儿，住在这里的几个强盗回来了。他们一进门就听到"呼噜，呼噜"的声音，走近一看，床上竟睡了一个陌生人。

"谁这么大的胆子，敢在我们的床上呼呼大睡？"强盗们感到十分奇怪。

一个强盗发现了帽子里的信。

"这是富商贝尔写的信，他要害死这个年轻人，咱们就捉弄他一下吧。"强盗打开信，看了一眼，惊叫起来。

趁着年轻人睡熟，强盗们写了另外一封信，塞进帽子里。

信中写着："亲爱的妻子，见到信，你要立刻为女儿和这个年轻人举行婚礼，让他们到山顶的庄园去生活。如果你不按照我说的去办，等我回去后就会狠狠地教训你。"

第二天早晨，强盗们并没有为难年轻人，把他放走了。

年轻人来到贝尔家，一进门，赶忙从帽子里取出信交给贝尔的妻子。

贝尔的妻子把信仔仔细细地看了两遍，按照信中的吩咐，为年轻人和女儿举行了婚礼，在山顶一座豪华的庄园里给他们布置好新房，风风光光地让人把新郎和新娘送了过去。

过了几天，贝尔回到家里。

"我在信里说的事儿你办完了吗?"他一进屋就急忙问妻子。

"放心吧,都按照你说的去做了。开始我还觉得奇怪,没想到你会转变得这么快,但想了想,你的决定是正确的,我就按你信里写的去做了。"妻子自豪地回答。

"女儿去哪了?"过了一会儿,贝尔还没见到女儿,就问妻子。

"按照你的要求,她现在正和自己的丈夫,也就是磨坊主的儿子,生活在山上的那座庄园里。"妻子回答道。

贝尔读完强盗们改写的信,肺都要气炸了,立刻冲到山顶的庄园。

"算你走运,能娶到我的宝贝女儿。你如果真想得到我的女儿,就必须到克鲁波河边去。那里有一条龙,你要从它的尾巴上拔下三根毛交给我。"贝尔气愤地说。

"怎么才能找到那条龙呢?"年轻人问道。

"这是你自己的事,别来问我。"贝尔冷冰冰地回答道。

　　年轻人满怀希望地出发了，走了很远很远，眼前出现了一座城堡。这座城堡属于一个国王。

　　"或许城堡里有人知道在哪里能找到龙。"年轻人想。

　　年轻人走进城堡，见到国王。

　　"年轻人，你来做什么？"国王问他。

　　"我要去拔克鲁波河边的龙的尾巴上的三根毛。"年轻人回答说。

"勇敢的年轻人，这么多年来，我还从未听说有人能从龙那里活着回来。如果你真能找到龙，那么请你帮我问问它，为什么城堡里的井水总是很浑。即使我不停地抽水，可还是没有清水流出来。"国王慢慢地说。

"如果我见到龙，一定帮你问问它。"年轻人深鞠一躬，然后说道。

他在城堡里受到了热情款待。

年轻人来到另一座城堡，这里的国王也接见了他。

"你要到哪里去？"国王问道。

"我要到克鲁波河边去找一条龙，我要从它尾巴上拔下三根毛。"年轻人回答道。

"如果你平安地找到了龙，麻烦你帮我问问，我失踪多年的宝贝女儿现在在哪里？"国王对年轻人说。

"好的，我如果见到龙，一定帮你问一问。"年轻人回答道。

第二天出发时，国王送给他很多食物。

年轻人来到了第三座城堡，城堡的王后接见了他。

"你要到哪里去？"王后问年轻人。

"我要到克鲁波河边去找一条龙，我想从它尾巴上拔下三根毛。"年轻人回答道。

"如果你真的见到龙，请你帮我问问它，我的金钥匙掉到哪里了？"王后说道。

"好的，我如果能见到龙，一定帮你问问。"年轻人回答说。

年轻人穿过一片森林，走过一片草地，身上晒破了皮，脚上磨起了泡，经历千难万险，在一天清晨，终于到达克鲁波河边。

"龙到底在哪儿？我应该到河对岸去找，还是沿着河边找呢？"很快他就犯了愁。

一个老艄公出现在他的面前。

"年轻人，你来做什么？"老艄公问道。

"我要到克鲁波河边的龙那里去，可是我不知道怎样才能找到那条龙。"年轻人回答道。

"龙就住在河对岸，你爬到山冈上，就可以看到龙的城堡。如果你见到龙，请你帮我问问，我还要在这里摆渡多少年?"老艄公和蔼地说。

听完老艄公的话，年轻人高兴极了，觉得自己马上就可以见到龙了。

"你放心吧，老人家，我要是能见到龙，一定帮你问问。"年轻人诚恳地说。

老艄公让年轻人上了船，他们不一会儿就到了河对岸。年轻人爬上一座山冈，眼前真的出现一座城堡。他走进去，见到一位漂亮的公主。

"还没有一个人来过这里，你真是个勇敢的人。但是，我劝你还是赶快离开，要是龙回来了，闻到你的味道，会马上把你吃掉。"公主诚恳地说道。

"美丽的公主，我不能走，我要从龙的尾巴上拔下三根毛，不然我不会离开这里。"年轻人着急地说道。

无论公主怎么劝说，年轻人就是不走，执意要等龙回来，还要把自己答应帮别人问的事情都问清楚。

"好吧，那我就帮你完成你的愿望。你先试试能不能举起墙上挂着的那把宝剑。"公主被年轻人的精神感动了。

年轻人使出全身的力气去举剑，没想到宝剑一动也不动。

"你过来喝一口这碗里的东西。"公主一边说一边端来一碗黑水。

年轻人接过来喝了一口，坐了一会儿，又试了试，已经能移动宝剑了。

"你还要再喝一口。你有什么问题，现在可以都告诉我了。"公主说道。

"一个国王想知道他的井里为什么是浑水；另一个国王想知道他失踪了很多年的女儿现在在哪儿；一个王后想知道她的金钥匙丢到了哪儿；一个艄公想知道摆渡这个活儿他还要干多少年？"年轻人接过碗又喝了一口，然后对公主说道。

年轻人又试着去举宝剑，这次成功了。当喝下第三口水后，他已经可以任意挥舞宝剑了。

"你要是不想被吃掉，就悄悄躺在床底下。龙很快就要回来了，你千万别乱动。等我们睡觉的时候，我会问它问题，你要认真听好。在龙没有睡着之前，你千万别出来。等一切都安静下来，你再悄悄爬出来，快速斩下它的头，然后立刻从它尾巴上拔下三根毛，不然毛就会自动消失。"公主对年轻人说。

年轻人按照公主的话，躲在床底下。

"我怎么闻到咱家里有人的味道，是不是有人来过？"龙回来了，一进门就问道。

"有你在，人怎么敢踏进这里半步。一只乌鸦叼着一根人的骨头，停在咱家房顶上，你闻到的一定是这根骨头的味道。"公主赶忙迎上前说道。

"是这样啊。"龙向四周看了看，确实没看见人，就相信

了公主的话，不再追问。

吃过饭，他们就睡觉了。

"啊呀！"过了一会儿，公主忽然叫道。

"怎么了？"龙惊醒了。

"我做了一个奇怪的梦，很害怕。"公主回答道。

"你梦见什么了？"龙又问道。

"我梦见一位国王很着急地问，他的井水为什么会那么浑。"公主回答道。

"这么简单的事他都不知道。井里有块木头烂了，只要把井水抽干，拿走烂木头，井水就清了。"龙半梦半醒地说。

"啊呀，啊呀！"公主静静地躺了一会儿，又接着叫。

"你又怎么了？"龙不耐烦地问道。

"我又做了一个非常可怕的梦。梦里有个恶鬼向你进攻，然后一个国王过来打听他多年前丢失的女儿的下落。"公主说道。

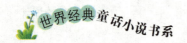

　　"我再告诉你一次，你可不能再喊了。你就是他失踪的女儿，他永远也不会再见到你。"龙回答道。

　　公主听了很吃惊。

　　"啊呀，啊呀！"公主躺了一会儿，又喊道。

　　"你到底想要干什么，又发生了什么事儿？"见公主不好好睡觉，龙很生气。

　　"你不要生气，我又做了一个很奇怪的梦。"公主说道。

　　"你这回又梦见什么了？"龙问道。

　　"我梦见一位王后向你打听，她的金钥匙丢到哪里了？"公主回答道。

　　"她在灌木丛那里躺过，让她去那里找，一定能找到。现在你能不能让我安静地睡一会儿，不要再用这些梦来打扰我，好吗？"龙不耐烦地说道。

　　"啊呀，啊呀！"龙刚睡了一会儿，公主就又开始喊了。

　　"快点说，还有什么事情？"龙生气地问道。

　　"我梦见一个老艄公，他愁眉苦脸地坐在河边，想知道摆渡的活儿他还要干多少年?"公主问道。

"他很快就不用干了。等有人走过去,让他摆渡,他就把那个人推到水里去,然后对那个人说:'现在你就在这摆渡,一直到有人来这替换你为止。'这样他就不用摆渡了。这回你该让我好好睡一会儿了吧?"龙开始愤怒了。

当一切静下来,年轻人悄悄地从床底下爬出来,举起宝剑,"咔嚓"一声斩下龙头,又赶忙从龙尾巴上拔下三根毛。

年轻人和公主带了很多财宝向河岸走去,在岸边见到了艄公,给了艄公很多钱,艄公把他们送过了河。

过了河,年轻人带着公主准备离开。

"年轻人,我让你打听的事情你是不是忘了?"艄公问年轻人。

"龙说你要把第一个找你渡河的人推进河里去,对他说:'现在你就在这摆渡,一直到有人来这替换你为止。',然后你就可以走了,以后就再也不用摆渡了。"年轻人回过

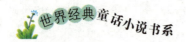

头来答道。

"你如果早点儿告诉我，我就能让你接我的班了。"听了年轻人的话，艄公有点儿惋惜地说。

年轻人带着公主继续往前走，很快到了王后的城堡。

"勇敢的年轻人，我的金钥匙丢到哪里了？"王后出来问道。

"尊贵的王后，龙说了，你到你躺过的灌木丛那里去找找，一定能找到。"年轻人回答道。

"对了，我的金钥匙应该是掉进了灌木丛，我怎么就没想到呢？"王后忽然想了起来。

在灌木丛里，她真的找到了金钥匙，随后给了年轻人一百银币。

年轻人带着公主来到第二个国王的城堡，国王热情地出来迎接。

"勇敢的年轻人，龙告诉你我的女儿现在在哪里了吗？"国王问道。

"尊贵的国王，现在站在你面前的这位公主就是你的女儿啊。"年轻人指了指公主说。

国王非常高兴，想把宝贝女儿嫁给勇敢的年轻人，还想送给他半个国家。

年轻人拒绝了国王的好意，于是国王给了他两百银币。

当到达另一个国王的城堡时，他让国王抽干井里的水，拿走烂木头。国王见水真的清了，非常高兴，赠送给年轻人三百银币。

年轻人高高兴兴地回家了，他现在比富商贝尔还要富有。

回到家，年轻人把龙尾巴上的三根毛递给贝尔，贝尔也就同意了他和女儿的婚姻。

"我的好女婿，龙很富有吗？"贝尔好奇地问道。

"是的，龙那里有好多好多的金银财宝，得用很多大车才能装下。"年轻人回答说。

富商贝尔听了女婿的话，决定马上就到龙的城堡去。

一切准备妥当，贝尔出发了。走到河边，他看见了一个

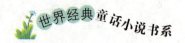

世界经典童话小说书系

老艄公，老艄公很痛快地答应送他过河。

"现在你就在这摆渡，一直到有人来这替换你为止。"船行至河中间，老艄公把贝尔推进河里，对他说。

很多年过去了，如果没有人去换贝尔，那么贝尔现在应该还在那里摆渡呢。

盒子里的小黑人

　　两兄弟住在一个小村子里。弟弟不甘心在家乡待一辈子，于是背起行囊，离家闯荡。几年过去了，他并没有闯出什么名堂，只能背着空空的行囊回到家乡。

　　他惊奇地发现，原先破旧的家已经变成了一个金碧辉煌的宫殿。

　　他揉了揉眼睛，还以为走错了地方，前后看了一圈，最终确定，这就是自己的家。

　　弟弟带着疑惑，走进宫殿。哥哥看着弟弟落魄的样子，脸上露出鄙夷的神情。

"你刚一走，父亲就生病了。他去世前，一直念着你的名字，可我们怎么都找不到你。这几年，为了给父亲治病，家里的钱都折腾没了。现在你看到的房子是我辛辛苦苦攒下的，可不是父亲留下的家产。"哥哥对弟弟说道。

哥哥从卧室里拿出一个破盒子。

"这是父亲留下的，我从来没打开过，如果你喜欢，就留下做个纪念吧。"说完，哥哥把盒子递了过去。

弟弟接过盒子，心里非常不是滋味，为自己未能尽孝而难过，眼泪止不住地流下来。他谢过哥哥，捧着破盒子，离开了宫殿。

弟弟带着破盒子漫无目的地流浪，饿了就要点儿吃的充饥，渴了就随便喝点儿河水解渴。

一天，他坐在树下休息，出于好奇，顺手打开了破盒子。

一个小黑人从盒子里蹦出来，吓了弟弟一跳。

"尊敬的主人，我是您忠实的仆人，随时听从您的吩咐，实现您的一切愿望。"小黑人说完，俯身向弟弟行了个礼。

弟弟听完，愣了好一会儿，想起了送给自己盒子的父亲，忍不住流下了眼泪。

"亲爱的小黑人，我现在是一个一无所有的流浪汉，想要一个舒适的大房子，再要几辆车，如果还能有仆人照顾我，那就更好了。"弟弟试探着说道。

小黑人施出魔法，瞬间建起了一座宫殿，比哥哥的宫殿还要壮观、豪华，门前停放着豪华的车辆，仆人们忙来忙去地打理着家中琐事。

弟弟惊呆了，好半天才缓过神儿来。

在小黑人的帮助下，弟弟过上了衣食无忧的生活，还经常帮助身边的穷人。

这种闲适的日子过久了，弟弟觉得有些无聊，为了排解寂寞，便向小黑人要来一只小狗和一只小猫。

有两只小动物整天围着自己转，弟弟开心极了。

哥哥听说了弟弟的近况后，怎么也想不明白，他怎么能过上比自己还好的生活，决定亲自去一探究竟。对于哥哥的到来，弟弟感到很惊讶，但还是大摆宴席，热情地招待哥哥。

"当初是为了激励你，才让你离家自立门户。如今看见你生活得这么好，我也就放心了。你到底是怎么变得这么富有的啊?"哥哥好奇地问。

"父亲留下的盒子是个宝物，里面有个小黑人，他能满

足我所有的愿望。"弟弟实话实说。

哥哥听后，非常后悔当初把这样的宝物给了弟弟。他晚上住在弟弟家，越想越气不过，便偷偷爬起来，找到破盒子，然后马不停蹄地跑回家。

哥哥打开破盒子，成了小黑人的主人。

"快把弟弟的宫殿变走，让他一无所有，还得让他与世隔绝，然后让我变得更加富有。"哥哥冷酷地对着小黑人大声喊着。

小黑人实现了哥哥的愿望，把弟弟送到一个孤岛上，让哥哥当上了伯爵。

小猫和小狗见主人被抓走了，赶紧剜去一个大南瓜的瓜肉，用剩下的南瓜皮做了一只小船，然后乘着小船来到孤岛。

"你放心，我们一定会想办法找回盒子，救你回家的。"弄清楚了事情的真相，小猫和小狗异口同声地对弟弟说。

两只小动物来到哥哥家。

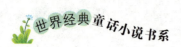

　　敏捷的小猫潜入哥哥家里，四处寻找破盒子，经过几天的观察，发现哥哥在睡觉时，会把破盒子放在枕头上。

　　一天夜里，小猫把醋倒在尾巴上，和小狗一起，悄悄地溜进了哥哥的卧室。

　　哥哥睡得很熟，鼾声如雷。小猫把尾巴伸向他的鼻子，他忍不住打起了喷嚏。趁他不停地打喷嚏，小狗麻利地取走了破盒子。

　　小猫和小狗又乘南瓜船来到了孤岛。

　　"谢谢你们，你们可帮了我的大忙。"弟弟看到失而复得的宝物，不禁热泪盈眶。

　　"你得好好惩罚一下哥哥，应该把他弄到孤岛上来。"小猫说道。

　　"对，就应该这样做。"小狗也表示赞同。

　　"我们还是回去再说吧。"弟弟说完，让小黑人把他们送回了家。

　　善良的弟弟并没有惩罚哥哥。

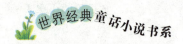

哥哥非常惭愧，主动找到弟弟道歉，弟弟原谅了他。

弟弟让小黑人又变出了一个宫殿，领着小猫和小狗一起住了进去，过上了无忧无虑的生活。

金蛋的秘密

从前，有一个女人，丈夫因病去世了，扔下她和两个儿子住在乡下，靠种地维持生计。年复一年，女人因生活劳累，身体每况愈下。

大儿子既聪明又有力气，担起了家庭的重担，靠自己的双手养活着一家人。可惜家家都有本难念的经，老大虽是一个让人放心的儿子，老二却因头脑有些问题让母亲很担忧。

老二整天无所事事，就知道上鸡窝掏鸡蛋，上树掏鸟蛋，白天四处漫游，晚上倒头就睡，过得非常快活。

一天，天上掉下了一个大馅饼，真就砸在他的脑袋上了。

这天，弟弟手里拿了一个鸟蛋回来，上面竟然写着字。老二并不知道这只鸟蛋的珍贵，而母亲见了却喜欢的不得了。

母亲觉得这么漂亮的鸟蛋一定能换点儿钱用。

母亲拿着鸟蛋出了家门，直奔城里。

她进了城里，在街道上首先看见一家金银首饰店，便走进去想试试运气。

当她把鸟蛋递给老板时，那个人仔细瞧看，觉得这只鸟蛋是个无价之宝。

"哦！尊敬的夫人，你来我这儿就对了，我不仅对首饰是个行家，我还精通其他呢。反正我有很多的钱，这只鸟蛋也很漂亮，我打算买下来送给我的小女儿！"老板对母亲说。

"今天真是太幸运了，能得到这么一个宝贝。"老板努力地一边不让惊喜外露，一边装作很大方地把一个金币给了母亲。

母亲很高兴，没想到一只鸟蛋还能换来一个金币。

"谢谢你这么慷慨。"母亲拿着金币连声对老板说，转身便要走。

老板又把母亲叫住了。

"夫人，你看，你只给我了一只鸟蛋，我就给了一个金币。假如你能抓住生这只蛋的鸟，我会给你一大笔钱的，你觉得怎样?"老板对夫人说。

"好，先生，我这就回去告诉我小儿子，让他小心地去捕捉那只鸟儿。"母亲立即答应下来。

妇人揣着金币，乐颠颠地回了家。等儿子们都回来的时候，母亲把用鸟蛋换金币的事情告诉了儿子们，并特别地叮嘱小儿子盯紧生蛋的鸟窝儿，小心地捕捉那只鸟儿。

从那天起，小儿子就守在那只鸟儿的窝旁。他也没想到，一个鸟蛋会给家里带来好处。

果然，小儿子看见了回窝的鸟儿。

"好漂亮的一只鸟呀!"小儿子不禁感叹道。

他小心地用网收了那只鸟，把它拎回了家。

母亲见了，直夸小儿子好本领，然后就急不可待地去城里了。

"先生！如你所愿，我的小儿子真的抓到了你要的那只鸟。"见到首饰店老板，母亲大声说道。

"你的小儿子真棒！"首饰店老板喜上眉梢。

"你必须听我的，不然，会坏了大事的。"老板平复一下心情，然后对母亲说。

"请讲。"母亲说。

"你回家把那只鸟给杀了，我要带着我的弟弟一起去你家美餐一顿。"老板对母亲说。

"好，我一定照做!"母亲高兴地答应了。

首饰商拿了一大袋子钱，交给了母亲。

"我去你家时还会给你更多的钱。"老板对母亲说道。

"咱家走运了，没想到呀!"母亲异常兴奋，回到家便告诉了儿子们事情的经过。

儿子们听了，也高兴起来。都没想到一个鸟蛋，会给家里带来财富!

他们小心地把鸟儿放在火上慢慢地烤了起来。等到香味四溢时，两个儿子漏出了馋相。母亲见此情景，就把鸟的头揪下来给大儿子吃了，鸟心给了二儿子吃。

享用美味后，两个儿子就各自去忙自己的事儿了。

老大替一家农户看护牛群，挣点小钱。老二吃了鸟心，觉得没有解馋，又跑去林子里，看看能不能有好运气找到好

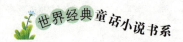

的食物。

首饰商带着自己的弟弟来到了乡下，找到了妇人的住处。

"怎么样？一切都按我的要求照办了吗？"一见到母亲，商人便问道。

"按你的意思，一切都办完了。"母亲热情地招呼远道来的客人。

商人很高兴，直夸妇人办事的能力，并且急着要吃鸟肉。

等到妇人把烤好的鸟儿端上来时，首饰商大惊失色。

"怎么会这样！鸟儿头和心脏怎么没有了呢?"首饰商大声叫喊。

"噢！先生，我以前都是这样做的，每次都把头和心扔给小猫吃。"母亲隐瞒了真相。

"你可知道鸟蛋壳上写的什么字吗?"首饰商红着脸对母亲说。

"写的什么呀?"母亲很好奇。

"那个蛋上面写的是:谁吃了生这个蛋的鸟头,谁将会成为最富有的人,谁吃了这个鸟心,谁就会成为国王,听懂了吗?"首饰商人有点气急败坏了。

"我没吃上鸟头,我的弟弟也没吃上鸟心,请你还我的钱好了,快点儿!"首饰商知道事情已经不可逆转了,便对母亲喊道。

"可是你事先并没有向我提出这样的条件呀!你不讲明白,就是你的过失,所以,这钱我可不能还你,你再蛮横下去,我就去法官那里告你。"母亲振振有词。

首饰商只能认栽了,带着弟弟灰溜溜地回家了。

天黑了,儿子们回家了,母亲对儿子讲了白天发生的事情。

小儿子觉得好笑,一只鸟竟引来稀奇古怪的事。可是,大儿子倒觉得会有什么事儿要发生。

我何不顺着暗示,做一些人生的改变呢?

于是，他就做出了一个惊人的决定。

"商人的话可信不可信，我都要试一试，母亲，快给我准备一些钱，我要出去学习！"

母亲立即照办了，第二天。大儿子就出门学习去了。

老大本身就好学，再加上惊人的天赋，不长时间，就显现出了与众不同的成就，所以，没过多久就成了远近闻名的商人。

老大继续刻苦学习经商的知识，不断提升自己的本领。

他在为人方面很谦虚、深得人心。

一晃几年过去了。家中的老妇人和弟弟依旧过着日出而作，日息而归的乡村生活，简单快乐。

突然有一天，弟弟和母亲说很想去看哥哥。做母亲的更是思念儿子，就答应了他。弟弟简单收拾了一下行装，就上路了。

弟弟马不停蹄地赶往哥哥所在的城市，正赶上这里举行盛大的商业活动。

活动来了很多的人，弟弟挤到人群中，他立刻认出这个活动的主办者正是他的哥哥。

他抑制不住内心的激动，不禁叫了一声，哥哥一下子就认出了他，活动结束后，哥哥连忙把弟弟带回家，询问了母亲的状况。

"我们的母亲已经很老了。"他告诉哥哥说。

哥哥恨不得马上见到母亲。于是，让仆人把母亲接来和他一起住，以尽孝心。

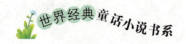

"你想干点什么?"哥哥问弟弟。

"哥哥,我没有钱,什么也干不成的……"弟弟回答说。

"你把这袋钱拿着去做你想做的事儿。你需要花钱的时候,就把袋子打开,里面的钱就会源源不断地出来。可是,千万别让一些狡诈的人用花言巧语骗了你,听明白了吗?"哥哥嘱咐道。

听了哥哥的嘱咐,跟哥哥道别后,弟弟就出发了。

弟弟离开了哥哥的城市,来到了一个王国。

他决定在这个城市落脚。他买了一座很漂亮、华丽的宫殿,对面正好是王宫。

这个王国的国王有一个女儿,长得娇媚可人。人也十分的聪明伶俐,惹人爱怜。弟弟看见公主后,就喜欢上了她,总是在窗前偷偷地看公主。

时间久了,公主发现了总是有个傻里傻气的人看她。公主脑瓜一转,想去捉弄他一下。

看到公主真的出现在了自己的眼前，他高兴得不知所措。

没多大一会儿，公主就得知了这个傻里傻气的家伙之所以拥有许多的财富，就是因为他拥有一个神奇的钱袋子。公主非常想要那件宝物，就要求看一下那个袋子。

弟弟没想那么多，就把袋子递给了公主。此时，公主心里早已打起了把宝物据为己有的主意。

"我虽然在宫里长大，也见过许多珍奇物件。但是，你这样的物件真是让我开了眼界。我的父王一定也没见过这钱袋子。我真想让他开开眼界呀！"公主对弟弟说。

弟弟太善良了，便答应了公主的请求。

自从公主拿走了钱袋子就再也没有回来。

几天后，宫里传开了公主要结婚的喜讯，新郎是她的表兄。弟弟灰心了，知道自己上当了。

没有了钱袋子，也就没了经济来源，他只好又回去找哥哥。

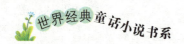

弟弟一五一十地向哥哥讲了所发生的一切。

这回哥哥送给弟弟一支神奇的小风笛，并告诉他一定要小心保管。

"这个小风笛能让人起死回生，如果你用它救了人，你就会得到报酬的。"哥哥说出了小风笛的神奇。

弟弟听了哥哥的话，仔细收好了小风笛就离开了。

弟弟用小风笛救了许多濒临死亡的人，获得了很多的钱，又过上了有钱人的生活。

过了不久，他听说了原来准备和公主结婚的表哥，不幸得病死去的消息。他拿着小风笛又去帮助做好事儿了。

王宫里沉浸在悲痛之中，公主也为未婚夫的死去整日哭哭啼啼。弟弟说自己的小风笛能救活公主的未婚夫，国王听了，立即派人去请。

弟弟拿出小风笛吹了起来，人们看到了死人脸上渐渐有了血色，慢慢地睁开了眼睛。大家欢呼跳跃起来，公主高兴得直流眼泪。国王感激万分，拿出了很多的钱奖励弟弟，弟

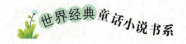
弟的钱越来越多了。

弟弟的小风笛能让人起死回生，这让公主起了坏心。她又想把小风笛弄到手。公主如上次一样，要求看看惊奇的宝物。那个可怜又可气的弟弟又把小风笛递给了公主。公主拿着小风笛一溜烟地跑了，弟弟又被骗了。

当然，弟弟毕竟不是真傻，他通过自身的经历与实践，已经增长了不少见识，和当年那个只知掏鸟窝的傻小子相比，已经历了很多。

哥哥看到弟弟又一次被骗，很生气，但还是给了他一个质地优良、做工精致的地毯。

"再见到公主时，你一定不要提起钱袋子、小风笛，假装根本不在乎，你请她上地毯试一试，只要她上了地毯，就什么都好说了。"哥哥告诉弟弟。

"然后呢?"弟弟问道。

"当公主上了地毯后，你也赶紧上去，并说'地毯，快把我们带到哥哥家去'。只要你们来了，我会给你们举办婚礼的。"哥哥继续说道。

这一次，弟弟深深地记住了哥哥的忠告，又回到了宫中。

弟弟碰见了想念的公主，仍彬彬有礼，一点也没有怨恨她。

公主的心里很坦然，丝毫没有为自己感到惭愧。

"公主，你看我有多幸运，我又得到了一个更加稀有的珍宝，你想不想看一看。"碰见了公主，弟弟抓住了机会对她说。

公主当然毫不犹豫地答应了。

公主要求快点儿让她看宝物。弟弟拿出地毯给公主欣赏。公主左看看右看看，不断地赞叹。她问弟弟这有什么用处呢？弟弟告诉她，只有站到地毯上，才能显出它的神效。公主高兴地站了上去，弟弟期待的事儿终于发生了。

他见公主上了地毯，也赶紧跟了上去。

"地毯，快把我们送到科西嘉去！"地毯载着他们向科西嘉的方向飞去。

弟弟一激动，念错了地方，地毯竟把他们送去了科西嘉。

他们来到一个岛屿上，弟弟一看怔住了，这是哪里呀，他一个人下了地毯去探测方向。

公主听过弟弟怎样对着地毯下命令的，便喊道："地毯，快把我送回我的宫殿去！"

地毯收到了命令，驮着公主飞得无影无踪了。

弟弟看到飞走的地毯，捶胸顿足地恨自己不长脑袋，现在可真是两手空空，孤寂一人了。

弟弟在岛上漫无目的地游荡了一天，当他走得筋疲力尽、饥饿万分时，看见了一棵无花果树，上面结满了黑色的果实。他不管三七二十一就摘了几个吃。

不久，他就觉得不对劲，头上有包在长，不一会儿就长出十个角。他陷入了悲伤和绝望之中。

他再往前走，又看见了一棵无花果树，上面结的是白色的果实。他想，白色的是可以吃的。他上前摘了一个吃，吃后觉得一个角在变小变没。他又连着吃了几个果实，没想到那些角瞬间消失了。他高兴得直流眼泪。

命运又一次和他开了个玩笑。经过这些磨难后，他也学会思考了，看着这些无花果，感到上天也在帮他。

他摘了一袋黑色的无花果和一袋白色的无花果，漫无目的地走着，走到了一个城市。

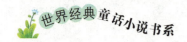

城市的港口有一艘正要开往公主所住地的轮船，轮船带着他又回到了自己的宫殿。

回想起这几次的经历，他的大脑真的开窍了，没有再去找大哥，要自己的事情自己做。经过思考，他有了主意。

弟弟装扮成小贩，带着黑色的无花果到王宫中叫卖。

国王一家人没见过这东西，便尝了起来。吃完后，大家都觉得头上有东西在往外冒。这下可把国王、王后、公主给吓坏了，竟然出了这么难堪的事儿。

国王只好张贴公告，命令最好的医生，赶过来给国王一家治病。医生用刀割，割下一个再出一个，实在是疼痛难忍，苦不堪言。

有一位奇人从印度来到此地，得知国王头上长了角，便说有办法替国王除去烦恼。国王听了很高兴，马上派人去请。

弟弟乔装打扮，戴着印度头巾，来到了宫中。

"救救我们吧，我会有重赏的。"国王哀求医生。

"没问题，不过你们一定要按我的办法去做，可以吗，尊敬的国王?"弟弟故弄玄虚。

国王只有点头同意。

弟弟从一个袋子里拿出了一个白色的无花果。

"怎么一个无花果,就会治好头上的角吗?"国王有些不敢相信。

"这个无花果可是我千辛万苦弄来的,你如果不吃,我就收回了。"弟弟说道。

"我吃!我吃!"国王连忙说道。

不一会儿,国王用手一摸,角一点儿一点儿地缩小,接着,角就全没了。国王高兴极了,连忙道谢。

弟弟又去了王后的卧室。那位尊贵的王后正在床上满脸忧愁地哭天抹泪呢。

弟弟礼貌地对王后施礼,告诉她,请不要痛苦了,我是来给你解除痛苦的。

王后听从他的话,吃了一个白色无花果。果然,头上的角没有了,王后也破涕为笑,直说神奇。

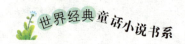

"我的宝贝女儿也正饱受苦痛呢，快去救救她吧。"王后请求道。

弟弟去了公主的房间，发现公主的情况更惨，满头都是角。

弟弟在公主的房间里，看到了属于自己的东西。

地板上正铺着他的地毯，床头柜上放着他的钱袋子和那支心爱的风笛。

"我的头这个样子，我真的无法见人了。"公主哭喊道。

"你只有听我的，才会如从前一样美丽。"说着，他上前把公主扶到地毯上的一把椅子上。他见公主已坐好了，趁机在公主不注意的情况下，快速地把钱袋和小风笛装进了自己的衣袋里。

"美丽的公主，抬头看看我是谁?"弟弟问公主。

"其实，从你说话的声音，我已知道了，我对不起你。"公主内疚地说道。

"没关系，你放心，我一定会让你重新快乐起来的。"弟弟安慰说。

"地毯，快把我们送到哥哥家去。"弟弟对地毯发出命令。

很快他们就到了哥哥家。

兄弟俩一见面便激动地拥抱在一起。

紧接着哥哥向公主行了个礼。

"尊敬的公主，欢迎来我家。"哥哥对公主说道。

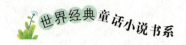

"我的尊贵的哥哥，十分高兴见到你。"公主也还礼说。

哥哥与公主交谈了好一会儿。

"弟弟忠厚朴实，待人接物很有礼貌，对老人极其孝顺。他很爱你，不知你对他的感觉如何呢?"哥哥诚恳地说道。

其实，通过几次的接触，公主也感到弟弟很厚道诚实。几次骗他，他都不怨恨一句，还继续爱她。自己虽贵为公主，最终还是被弟弟打动了。

"我很乐意与您的弟弟结婚。"公主告诉哥哥。

哥哥为他们在教堂里举行了隆重的婚礼。

公主的婚事很快被国王知道了。得知这个年轻人为人厚道、本事高强，国王也非常满意。

婚后，他们恩恩爱爱，相依相伴。弟弟越来越聪明，帮助岳父治理国家。王国里和平安祥，商业发达。

国王很器重这个女婿，最后把王位传给了他，弟弟果真当了国王。

公主与妖魔

　　从前有一个公主，名叫艾丽娜。她长得非常美丽，两只眼睛就像深蓝色夜空中的星星。她的父亲统管着一个有着众多高山河谷的大国，王宫就建在一座高山上，非常宏伟壮观。

　　因为母亲身体不好，艾丽娜很小的时候就被送到另一座山上。在那座山的半山腰有一所大房子，她就住在那儿，由仆人们抚养。

　　这座山拥有丰富的矿藏，矿工们在挖掘过程中，发现地下有许多巨大的岩洞。这些岩洞曲曲折折，洞中有洞，地形

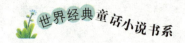

特别复杂。

地下岩洞里住着一群被称之为妖魔的奇怪生物。据说这些妖魔本来跟普通人一样生活在地面上，后来由于无法忍受国王的虐待，集体躲到了地下岩洞中。只有在夜深人静的时候，他们才会出现在人迹罕至的地方。

岩洞里长年不见阳光，十分潮湿，他们也长得一代比一代丑。他们的身体虽然越来越丑，但大脑越来越发达，甚至建立了自己的王国，选出了魔王和大臣。除了处理内部事务，他们最大的乐趣就是捉弄地上的人。尽管他们同族之间相亲相爱，但却残忍地对待妨碍他们生活的人类，尤其是国王和他的后裔。

这天下起了瓢泼大雨，艾丽娜靠在椅子上，耷拉着脑袋。等保姆露蒂一离开，她立刻从椅子上跳起来，溜出房门。她来到一个古老的扶梯旁，想爬上去看看上面有些什么。

她兴奋地往上爬，发现扶梯非常长。爬到顶层，扶梯口出现了一条长长的走廊，走廊两侧是许许多多的门。她走到尽头，眼前又出现了另一条走廊，两侧同样是许许多多的门。

艾丽娜开始有些慌张了，回头寻找扶梯，却怎么也找不到。

四周静悄悄的，两侧都是一扇扇相似的门，艾丽娜吓得坐在地上号啕大哭。

"我可是公主啊，不能这么脆弱。"艾丽娜想。于是她擦干眼泪，站起身拍去衣裙上的灰尘，决心一定要找到扶梯。

走着走着，她突然发现前方有一扇门半开着，露出一截扶梯。天哪，这架扶梯居然不通向下面，而是通向上面。

艾丽娜虽然害怕，但还是忍不住想去上面看看，于是爬了上去。

爬到扶梯尽头，她看见了三扇门，其中一扇门里传来一阵嗡嗡声，好像蜜蜂在花丛中采蜜。她轻轻推开门，看到偌大的房间空荡荡的，只有一位老妇人在纺纱机旁纺纱。

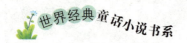

艾丽娜从来都没有见过这种纺纱机。正当她好奇地看着纺纱机时，老妇人抬起头招呼她进去。

老妇人的皮肤又白又嫩，身穿一件天鹅绒长裙，个子又高又瘦。

老妇人似乎并不惊讶艾丽娜的到访。

"你知道我的名字吗?"老妇人问。

艾丽娜当然不知道。

"艾丽娜。"老妇人告诉她。

"天哪，这不是跟我一个名字吗?"艾丽娜说。

"那你现在知道我是谁了吗?"老妇人又问。

艾丽娜还是不知道。

"我是你的曾曾祖母，就是你祖母的祖母。"老妇人回答说。

艾丽娜快被绕晕了，而更不可思议的事还在后面!

老妇人带艾丽娜来到隔壁房间，推开窗户，只见蔚蓝的天空下，一大群鸽子在房顶上走来走去，相互鞠躬，说着艾丽娜听不懂的语言。看着这一切，艾丽娜高兴得拍起手来。

老妇人拉动门边的细线，一扇活动窗板徐徐张开。

这是一排鸽子窝，里边有可爱的鸽宝宝和圆溜溜的鸽子蛋。

直到太阳下山，月亮爬上天空，艾丽娜还恋恋不舍，最后在老妇人的亲自护送下回到了自己的房间。

艾丽娜兴奋地跟露蒂讲述今天遭遇的一切，可露蒂却认

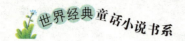

为她是在胡编乱造。艾丽娜想，看来只有带她亲眼见一下老祖母，她才会相信自己的话。要是老祖母不喜欢见陌生人呢？她决定先征得老祖母的同意。

第二天早饭过后，艾丽娜又一次溜出房门，爬上了扶梯。可是她穿过一条又一条的走廊，却怎么也找不到昨天那扇半开的门，还把自己给绕迷糊了。像昨天一样，她很快就鼓起勇气继续寻找扶梯。不过，这次她找到的扶梯不是朝上，而是朝下。不用说，艾丽娜还是爬了下去。

当爬到最底层，艾丽娜惊讶地发现自己竟然在厨房。

从此，艾丽娜的脑子里就有了一个疑问——老祖母的扶梯到底哪里去了？难道昨天的经历真是一场梦吗？

雨停了，乌云仍旧笼罩着山头。直到下午，太阳才破云而出，天空放晴。艾丽娜缠着露蒂出去散步。

露蒂想让公主开心，再说她自己也在家里闷了三天，于是带着艾丽娜到山上去散步。

天空经过雨水的冲刷，湛蓝清澈。路边树叶上挂着的一串串水珠，在阳光照耀下就像闪闪发光的宝石。

不知不觉，太阳快要落山了，露蒂开始催促艾丽娜回家。突然，一个巨大的黑影遮住了她们，露蒂心惊胆战，拉起艾丽娜的手就跑。

不知露蒂究竟在害怕什么，只见她越跑越快……

艾丽娜感到很奇怪，问道："露蒂，你为什么跑得那么快啊？"突然，一不小心她摔倒在地上。

这时，一阵粗野的笑声传来，露蒂惊叫一声，抱起艾丽娜接着跑。跑了一会儿，她累了。但更糟的是，她俩迷路了。

露蒂惊恐万分，发现此处是一个山谷，根本没有人家。正在手足无措的时候，迎面走来一个矿工男孩儿。男孩儿戴着一顶古怪的帽子，眼睛像矿石一样乌黑，皮肤因为缺乏光照显得有些灰白，嘴里吹着轻松欢快的口哨。

露蒂惊魂未定，怒气冲冲地走到男孩儿面前，命令他闭嘴。

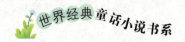
男孩儿告诉她们，他是矿工彼得的儿子，名叫凯里埃。知道她们迷了路，凯里埃勇敢地担当起护送公主回家的职责。

"你实在太好了，等我们到家，我一定给你一个吻。"艾丽娜感激地说，但露蒂却打心底不喜欢这个男孩儿。

在一条狭窄的小路上，他们发现路中央有一团泥巴一样

的东西正在慢慢蠕动。突然，那团东西伸出四只触角，像是胳膊和脚。

露蒂吓得浑身发抖，艾丽娜一下子抓住男孩儿的手。凯里埃不慌不忙，唱起诗歌，唱完最后一句，迅速冲向那团东西。只见那团东西一下子蹿起来，像蜘蛛一样逃上岩石。

凯里埃哈哈大笑，告诉艾丽娜，那个东西是妖魔，不会作诗，所以特别讨厌诗歌。

平安到家，艾丽娜想吻一下凯里埃，但被露蒂强行拉进了门。

这几天晚上总能听见"笃笃笃"的响声，矿工们说那是妖魔发出的声音。这样一来，就没几个人愿意晚上做工了。

可是凯里埃会作诗，不惧怕妖魔。为了赚钱给妈妈买一件红衬裙，他准备晚上留在矿区挖矿。

吃过晚饭，凯里埃靠在一块岩石上休息，隔着岩壁突然听到妖魔格罗姆普一家的说话声。原来矿工循着矿脉找矿，不久就会挖到他们家住的地方，因此他们决定搬家，而且等

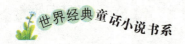

一会儿他们还要去魔宫大殿参加会议。

从对话中，凯里埃还得知妖魔最大的弱点就在脚上，他们没有脚趾头，光着脚，但妖后却穿着一双石头鞋。

好奇的凯里埃小心翼翼地刨开薄薄的岩壁，偷偷跟着格罗姆普一家前往魔宫大殿。

他们拐进一个又一个通道，最后来到一个岩洞前。这个洞非常大，洞口铺满了闪闪发光的矿石。魔宫大殿里挤满了妖魔，魔王正坐在用青铜矿石做成的宝座上演讲。

由于担心被妖魔发现，凯里埃迅速离开了。为方便以后继续调查妖魔的阴谋，他找来一块石头把洞口堵上了。

为对付矿工，格罗姆普向国王献了一条计策，那就是等矿工挖到他们的住所时，利用天然水淹没矿井，进而淹死那些矿工。国王看起来已胸有成竹，只将格罗姆普的计策作为备用。

地下坑道曲折迂回，凯里埃担心迷路，想出了一个好主意，那就是每次进洞前，把挖矿的鹤嘴镐固定在洞口，拴上线，一边放线一边行进，这样即便是在黑暗中也不会迷路。

露蒂带艾丽娜出门遇险的事情最终还是传到了国王耳中，他不仅亲自来看望，还留下六名士兵每天在室外轮流值夜。

很快就到了秋天，树叶黄了，花儿谢了，艾丽娜感到寂寞无聊。这天，女管家正在整理橱柜里的旧东西。艾丽娜把玩着一枚老式胸针，一不小心针头扎进了她的大拇指。尽管敷了止痛药，伤口还是越来越痛。

半夜，艾丽娜被痛醒。月光静静地洒进房间，她不知不觉来到古老的扶梯前，想再去找老祖母。

这次她顺利地爬上了楼顶。月光下，身穿天鹅绒长裙的老祖母正在纺纱。

进入房间，艾丽娜高兴地说："现在我知道这不是梦了。"

艾丽娜看到老祖母织出的料子白里带灰，闪闪发光，说："您真是勤劳啊。"

"这是专门为你织的，但现在还没织完。"老祖母告诉艾丽娜，纺纱的线是一种特殊的蛛丝，是她的鸽子漂洋过海找来的。

老祖母看见艾丽娜肿起的手指，带她来到卧室。

艾丽娜从未见过这么考究的房间，圆穹屋顶中央挂着一盏圆形吊灯，发出明月般的光芒。一张鹅蛋形的大床上罩着玫瑰色的床单，围着丝绒帷幔。粉色的壁纸上贴着亮片，仿佛一颗颗明亮的星星。

老祖母打开一个别致的橱柜，拿出一个小匣。打开小匣，一股混合着玫瑰和百合花的芬芳立刻弥漫了整个房间。老祖母从里面取了一点儿油膏，抹在艾丽娜红肿的指头上，顿时伤口凉丝丝的，一点儿也不痛了。然后，老祖母取来一块薄纱手帕包住艾丽娜的手。

处理完艾丽娜的伤口，老祖母问："你想今晚和我一起睡吗？"

"当然愿意。"艾丽娜答道。

躺在柔软的大床上，望着屋顶酷似月亮的灯，艾丽娜问道："老祖母，您为什么不熄灯啊？"

老祖母告诉艾丽娜，无论是白天还是黑夜，这盏灯永远不会熄灭，她的鸽子必须凭借灯光来辨别飞行方向。

"那么凭着这盏灯，大家便会找到您了？"艾丽娜疑问连连。

老祖母回答说："不会的，他们只会揉揉眼睛，当作什么事都没发生。我再告诉你一个秘密，如果这盏灯熄灭了，你就会以为自己是在一间空阁楼里。"

"那我希望这盏灯永远不要熄灭。"艾丽娜有点儿困了。

老祖母接着说："下周五晚上你可以再来这里。只要你相信这不是一个梦，你就能找到我。"

很快，艾丽娜就进入了甜甜的梦乡。

第二天醒来，艾丽娜发现躺在自己的小床上，只是手上还留着芬芳，红肿完全消退了。

一天，一个巡逻的士兵说看到了一种奇丑无比的怪物，它的头是身体的两倍大，圆圆的脑袋像一个南瓜。

同伴们都嘲笑他看花眼了，可没几天越来越多的士兵说看见了怪物，而且一个比一个说得可怕。

一天晚上，又一个士兵面如土色，声称在花园里看到了怪物。于是大伙儿来到花园，只见一些怪物在月光下的草地上又蹦又跳，它们有的长腿长脖子，有的缺腿缺脖子，有的像狗，有的又像狼。而且它们的喉咙里还不断发出响声，声音既不像猪哼，也不像老鼠吱吱尖叫，更不像狮吼、狗吠、蛙鸣。发现目瞪口呆的士兵，它们一眨眼就跑得无影无踪了。

原来它们是妖魔的牲畜，妖魔当年逃离地面时，带走了一批牲畜。由于长期得不到光照，这些牲畜也像它们的主人一样越长越畸形。可笑的是，长期的共处使它们和妖魔的长相越来越像。

这段时间，为了让阴谋尽快得逞，妖魔每天晚上都在挖掘地道，目的是连通水道。

由于长期接触不到水，这些牲畜一听到地面溪水的哗哗声，就显得异常兴奋！它们纠集成一伙，准备去小溪探险。不料这条小溪正好流经公主的花园，所以它们便不时来捣乱。

虽然士兵加紧了防卫，但这些牲畜非常狡猾，轮流放哨，一旦发现士兵离开花园，就又成群结队地出来玩。

很快就到了星期五，艾丽娜焦急地等待着天黑。突然，她看见窗口闪动着一双绿色的眼睛。一眨眼的工夫，一个长着猫脸、马腿的怪物就跳了进来。艾丽娜吓了一跳，立即逃出房间，向山上奔去。

直到筋疲力尽，她才胆战心惊地转过头，发现妖怪并没有跟上来。

周围一片漆黑，静悄悄的。突然一滴水落在脸上，她抬起头，看到一轮明月高悬在天空。她猛然想到，这月亮一定是老祖母那盏永不熄灭的灯。

于是她鼓起勇气，迈着轻快的步子寻找回家的路。在

"月亮"的指引下，不一会儿她就看到了家里的灯光。一回到家，她就立即奔向了古老的扶梯。

"进来，艾丽娜。"是老祖母的声音，可艾丽娜推开门却发现漆黑一片。她想老祖母大概在另一个房间，于是推开另一扇门，进入了一个天堂般的房间。

"我给你准备了一盆火，看你又湿又冷的。"老祖母说。

艾丽娜往火盆里瞧了瞧，里面吐出的火苗像一朵朵绽开的玫瑰花。

今天老祖母穿了一件浅蓝色的天鹅绒袍子，戴着一顶镶满宝石的王冠，浑身散发着银河般的光芒，看起来像个少女。

老祖母把手伸向她，可艾丽娜不禁往后退了一步。

"怎么了，亲爱的？"老祖母问。

"老祖母，您那么美丽高贵，可我现在脏得像只花猫。"艾丽娜回答说。

"你认为我爱惜衣服会胜过爱你吗？"老祖母笑着把艾丽

娜搂进怀里。

老祖母站起身，发现艾丽娜的衣服上都是泥浆和雨水，于是走到火盆边，伸手从里面取出一支燃烧着的"玫瑰花"，在衣服上擦拭了几下，泥污顿时不见了。

"你瞧，那块料子已经织好了。"老祖母拿起一块泛着光泽的布料说。然后，她拿出一枚红宝石戒指，在布料上绕了一圈，又将布料放进火盆里。

"把你的手给我。这个戒指绕上了我织的线。它会带你到我这儿来的。"老祖母说着把红宝石戒指戴在艾丽娜的手指上。

艾丽娜疑惑地抚摸着戒指，真的摸到了一根极细的线。

"如果这根线被人踩断了呢？"艾丽娜很担心。

"放心吧，它会自动接起来的，永远不会离开你。"老祖母和蔼地说。

此刻，露蒂和佣人们正满屋子寻找艾丽娜，急得满头大汗。艾丽娜在祖母的怀抱里沉沉地睡去了，醒来发现自己靠在房间的椅子上，旁边摆满了玩具。

这几天，凯里埃一直在监视着妖魔的动静，还没有识破妖魔的阴谋。

一天晚上，他一边在洞穴里走一边放线，发现洞穴比以前更多了。这时，凯里埃感觉有什么东西在扯他的线。为免发生意外，他赶紧往回走。拐过一个弯，他隐约听见了一种奇怪的声响，定睛一看，是妖魔的牲畜们在地上打滚。

看到冲上来的牲畜，凯里埃在地上乱摸，居然摸到了鹤嘴镐。他挥动鹤嘴镐，把牲畜们吓跑了。原来这些牲畜在洞口发现了他的鹤嘴镐，把它叼到了这里。

凯里埃迷路了，只好拿着鹤嘴镐在黑漆漆的地道里摸索前进。

走着走着，他看见远处有一丝火光，于是毫不犹豫地朝亮光走去。

不一会儿，凯里埃来到一个岩洞前，原来是一群妖魔正围着火堆聊天。凯里埃认出了魔王，看来这里是魔王的内室。对着凯里埃的是妖后，她的鼻子很大很长，一只眼睛像大头朝下的鸭蛋，一只眼睛像大头朝上的鸭蛋，笑起来嘴巴咧到耳根。他们正在商量妖魔王子哈尔利普迎娶艾丽娜公主的事。他们正在打通通向公主花园的地道。

凯里埃想靠近点儿，听得更清楚些，却不小心一脚踩空，跌坐在地上。

妖魔们跳起来，恶狠狠地盯着凯里埃。凯里埃说自己迷路了，希望魔王能派人送他出去。

魔王发出一声怪叫，妖魔们马上围了过去。

只听魔王又发出一声怪叫，妖魔们一齐向凯里埃逼近。凯里埃连连后退，一直退到一面岩壁前。他不停挥舞着手中的鹤嘴镐，嘴里胡乱唱着一首诗歌。妖魔们先是后退了几步，然后又蜂拥上来。

凯里埃突然想起妖魔的弱点，拼命去踩他们的脚，洞穴里妖魔们的惨叫声此起彼伏。

妖后仗着自己穿着石头鞋，蹿到凯里埃跟前，一把将他推进了身后的洞里。妖魔们不停地朝洞里扔石头。

凯里埃头部受到重创，晕了过去。醒来后，他发现自己被困在了洞里，手里的鹤嘴镐也不见了。仔细观察周围，他发现洞口已经被一块巨大的岩石堵住了，只留下一条细小的石缝。

这天早晨，艾丽娜感到戒指上的线有了动静，认为肯定是祖母让她上楼，于是穿好衣服，跟着线走出家门。可线没有引她到老祖母那里，而是把她引出了大门。

此时，太阳还没有完全升起来，微风轻拂，送来淡淡的清香。艾丽娜在丝线的引领下一直往山上走，山路越来越窄。

最后，艾丽娜停在一个岩洞前，但丝线似乎还要继续领她进岩洞。艾丽娜迟疑了一会儿，最后还是进去了。岩洞很深，越往里走就越窄，光线也越来越暗，艾丽娜的心扑通扑通地跳个不停。拐过几个弯，她看到眼前有一堆已经熄灭的炭火。

突然，丝线不见了，艾丽娜很吃惊，大哭起来。

哭了一会儿，艾丽娜平静下来。她细细摸索，原来丝线消失在石缝里，难道石头下面有什么重要的东西？于是，她搬开石堆上的碎石。

突然，她听到了凯里埃的声音。想到凯里埃曾经救过自己的命，艾丽娜搬得更起劲了。

一个多小时后，凯里埃将头顶上的大岩石推开，从洞里爬出来。

　　艾丽娜告诉凯里埃，在丝线的指引下，他们可以顺利地离开。凯里埃根本不相信艾丽娜的话，但碍于她是公主，还是顺从地跟在她身后。他们穿过一条狭小的通道，来到一个大洞穴。

　　借着火光，凯里埃发现魔王和妖后正躺在一张羊皮上睡觉，妖后手边正是他的鹤嘴镐。

　　勇敢的凯里埃蹑手蹑脚地来到妖后身旁，看到了她脚上的那双石头鞋。他小心翼翼地脱下她一只鞋，发现妖后竟然有六个脚趾头。他想，只要把另一只鞋也脱下来，她就会失去魔法了。但他刚一碰到鞋子，妖后就大叫一声，跳了起来。

　　凯里埃慌忙之中抓起鞋子和鹤嘴镐，拉着艾丽娜狂奔。他们钻到一个狭窄的洞穴中躲藏起来，因为魔王和妖后很胖，根本钻不进来。

　　摆脱了妖后和魔王，他们沿着小道一直往前走。蹚过一条浅浅的小溪，他们看到一丝光线射进洞来。凯里埃把小洞凿大，顺利地爬了出去，洞外竟是艾丽娜家的花园。

　　丝线一直把他们带到古老的扶梯旁。艾丽娜突然有了一个想法，她要带凯里埃去见老祖母。

　　他们通过长长的扶梯，来到老祖母的卧室。

　　老祖母正坐在火盆旁烤火，看到艾丽娜，一把将她搂在怀里。

"凯里埃,这就是我的老祖母。"艾丽娜说。

"我什么也没有看见啊!"凯里埃惊讶得张大了嘴巴。

"什么!你难道没看见蓝色的大床,玫瑰色的床单,明亮的月亮灯吗?"艾丽娜疑惑不解。

"我只看到一只木桶、一堆干草、一个干瘪的苹果,还有一束阳光。公主,我觉得你这样骗人不好玩。"凯里埃有些生气了。

艾丽娜哭着让凯里埃离开。

"人们总是要亲眼看见才会相信。我们都急于要求别人理解自己,可更重要的其实是理解别人。"老祖母安慰她说。

"老祖母,我懂了,必须平等待人。虽然凯里埃不相信我,但我不能因此而生气,要有耐心。"艾丽娜恍然大悟。

"这才是好孩子。瞧你,浑身是伤。"老祖母搂着艾丽娜说,然后带她来到一个大浴盆前。她朝里一望,里边竟然是深蓝色的夜空,无数星星一闪一闪的。

"别怕。"老祖母说。艾丽娜走进浴盆。洗完澡，她发现全身上下透着一股玫瑰的芬芳，所有的伤口也都不见了。

凯里埃气冲冲地回到家，把一切告诉了家人。善良的母亲告诉凯里埃，她也曾经遇到过妖魔，最后被一个像月亮的圆灯救了。

听了母亲的话，凯里埃很后悔对公主那么粗鲁，决定继续监视妖魔，阻止他们伤害公主。

这天夜里，凯里埃在公主花园的草地上监视妖魔的动静，突然被一支箭射中了腿。原来巡逻的士兵发现了他。凯里埃疼得晕了过去，醒来时发现自己被关了起来。

妖魔日夜不停地挖掘地道，终于挖到了公主住处的地下酒窖。一会儿工夫，魔王就带着大批人马前去绑架公主。而妖后则一只脚穿着石头鞋，一只脚穿着兽皮鞋，摇摇晃晃地走着。

突然，凯里埃听到外面一片混乱，有啪啪的脚步声和砰砰的搏斗声，还有男人的说话声和女人的喊叫声。他知道，

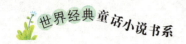

肯定是妖魔来了，但腿疼得无法动弹。

这时，牢门被打开，进来了一个女人。女人手里拿着膏药，在凯里埃的伤口上抹了一会儿。他感到伤口凉丝丝的，已经一点儿也不痛了，便猛地从床上蹦起来。

凯里埃拿下墙上挂着的一把旧猎刀，穿上专门对付妖魔的钉鞋，跑了出去。

楼下已经被妖魔们挤得水泄不通。凯里埃念着诗歌，挥

舞猎刀，踩踏妖魔们的脚。很快，花园里的妖魔就被一一制服了。他跑到大厅，看见妖魔们正在围攻卫兵，便大喊道："踩他们的脚。"

士兵们在凯里埃的指点下，大获全胜。

凯里埃四下张望，不见公主的踪影，便来到了地下酒窖。

凯里埃看见了角落里的露蒂，但不见公主。她一定是被哈尔利普抓走了。凯里埃怒不可遏，杀进妖魔群，无情地踩踏起他们的脚。

这时，妖后蹿了出来，和凯里埃展开了一场踏脚战。

接着，露蒂一声尖叫，原来她也受到了攻击。看见露蒂有生命危险，凯里埃奋力挥刀向妖后砍去。趁着妖后闪身，他以迅雷不及掩耳之势踩到那只穿着兽皮鞋的脚上。妖后凄惨地大叫一声，连滚带爬地逃走了。

凯里埃转身去救露蒂，这时士兵们也纷纷赶来助阵。妖魔寡不敌众，纷纷逃进通道。

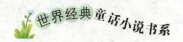

大家开始分头寻找，但还是不见公主的踪影。

凯里埃努力使自己镇静下来，朝着地道走去，打算跟踪进洞的妖魔。突然，凯里埃感觉有个东西碰了一下他的手，原来是一根很细的线，猜想这肯定是公主所说的丝线。

凯里埃顺着丝线一直走，穿过矿井，往山上走去，最后停在他家的茅草屋前。他进了屋，发现公主竟然就睡在母亲的怀里。原来是丝线带艾丽娜来的。

艾丽娜醒来后，凯里埃把事情的经过一五一十地告诉了她。

"肯定是老祖母，是她救了你，也救了我。"艾丽娜激动万分。

"很抱歉当初没相信你。"凯里埃说，然后不知想起了什么，忽然跳起来，冲进父亲的房间。

妖魔的第一个计划失败了，肯定会执行第二个计划——引水淹死矿工。

凯里埃和父亲马上召集所有的矿工，一起来到妖魔掘开的通道。大家有的拌水泥，有的搬石块，齐心协力筑起一道高大的石壁堵住通道。

当他们离开矿井的时候，突然下起了大暴雨，溪水猛涨，狂风怒号。

凯里埃看见远处他家的茅草屋前挡了一块巨大的岩石。山洪冲到岩石上，分成两股，过了茅草屋又汇在一起。要不是这块岩石，茅草屋不被风刮走，也会被水冲走。

冲过激流，凯里埃回到茅屋，发现艾丽娜和母亲都平安无事。

第二天一早，凯里埃送艾丽娜回家，远远地就望见国王骑在马上，满脸煞白。

"父亲，父亲。"艾丽娜一面喊一面跑着。

国王吃了一惊，上前抱住了艾丽娜。

艾丽娜向父亲述说了凯里埃的壮举。"那天凯里埃护送我和露蒂回家，我曾许诺给他一个吻，但露蒂不让我这样做。可我认为公主必须遵守承诺。"艾丽娜对父亲说。

"除非这个承诺是错误的，但显然你欠了他一个吻。"国王说。

艾丽娜吻了一下凯里埃，说："凯里埃，这就是我答应你的吻。"

为了庆祝艾丽娜平安归来，国王举办了一场盛大的宴会。大家沉浸在欢乐的气氛之中，突然传来一阵轰隆隆的声音。

凯里埃机警地俯下身，贴着地面听了听，然后焦急地走到国王面前说："陛下，您能不能下命令，让所有人马上离开屋子，赶紧上山。"

睿智的国王看着凯里埃坚定的目光，立刻带领所有人出了门。他们刚跑出院子，大厅里就涌出一股巨大的洪流。不过大家总算平安到了山上。

这时，天空上挂着一盏巨大的月亮灯，凯里埃和艾丽娜会心地一笑，知道老祖母一直在保护着他们。

凯里埃告诉大家，洪水被筑起的石壁挡住了，所以冲向

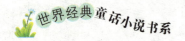

了公主王宫下面的地道。

水面上到处漂浮着妖魔的尸体，洪水不但没有淹着矿区，反倒把妖魔的王国给淹没了，这也算是他们自食其果了吧。

接下来的日子，大家分工合作，有的挖隧道，有的筑墙，山谷和王宫里的水很快就被排了出去。

经过酒窖的时候，凯里埃发现了妖后的尸体，她的兽皮鞋子已经丢了，另一只石头鞋还牢牢地绑在脚上。

国王非常欣赏这名小矿工的机智勇敢，把凯里埃叫到跟前说："你愿意做我的贴身侍卫吗？我相信你会有一个光明前途的。"

"对不起，陛下，我不能离开我的父母。"凯里埃说。

"一点儿没错，如果我是你，我也不会离开他们的。"艾丽娜说道。

国王看看艾丽娜，又看看凯里埃，满意地点了点头。

最后，国王赐给凯里埃一件女式红衬裙，让他送给自己

的母亲。

至于那些可恶的妖魔，除了淹死的，大部分都离开了这个国家，留下来的也慢慢有所改变，性格变得温顺起来，甚至跟人类有了正常往来。对于那些牲畜，人们没有客气，不久它们就灭绝了。

整个王国一片祥和景象，而艾丽娜和凯里埃则继续着他们美好的生活。

红蜡烛和美人鱼

人鱼，一种美丽而又神秘的水生生物，大多数都住在南方的海里，只有极少数生活在北方。

北方的海，海水是青蓝色的。月光透过云层，寂寞地洒在无边无际的大海上。

一天，一条怀了孕的人鱼爬到岩石上休息，若有所思地望着周围凄凉清冷的景象。

"和那些性情粗野的动物相比，无论在性格上还是在外表上，我们和人类多么相似呀！可是我们却在这寒冷阴暗、一点儿都没意思的大海里生活，这究竟是为什么呢？"人鱼

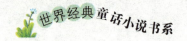

默默想着。

一想到自己常年生活在孤寂的大海里，人鱼就觉得难以忍受。所以，她经常在安静的夜晚，独自浮出水面，沉浸在遐想之中。

"我们长期生活在寂寞的大海里，不能指望到光明热闹的世界去，但总不能让即将出生的孩子也这样啊……听说，人是最善良的，一旦接受了什么，就不会轻易地抛弃。幸运的是，我们的脸和上半身都和人一样，一定能在人的世界里生存。"人鱼自言自语。

为了使自己的孩子能在热闹繁华的街市里成长、生活，人鱼决定把孩子送到陆地上。

在遥远的彼岸，有一座小山。山上长着茂盛的松树，松树林中有一座寺庙。在远远的海上，每天晚上都能看见庙里闪烁的烛光。

在一个宁静的夜晚，人鱼妈妈为了自己的孩子，迎着寒冷、阴暗的波浪，向陆地游去。

寺庙山下有一家卖蜡烛的商店，里面住着一对年老的夫妇。镇上的人和附近的渔夫上寺庙拜神，都要到这里买蜡烛。寺庙很兴盛，所以老夫妇的生活过得还不错。

一天晚上，老太婆和老头儿商量着也去山上拜神，感谢神灵的护佑。很快，老太婆就收拾好往山上走去。

这是一个月光皎洁的夜晚，老太婆拜完神下山，在石阶上看到一个正在啼哭的婴儿。

"多可怜啊，是谁把她扔在了这里？这事也太巧了，偏偏就让我在拜神回来的路上碰到了，一定是什么缘分吧！肯定是神明知道我们夫妇没有孩子，所以才把她赐给我们。我要是置之不理，一定会受到惩罚的。"老太婆说着将婴儿抱了起来。

老太婆抱着孩子回到家，把事情的经过告诉了老头儿。

"这确实是神赐的孩子。如果我们不好好抚养，就会遭到神的惩罚。"老头儿说道。

就这样，两个人决定抚养这个孩子。这是个女孩，但孩

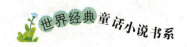

子的下半身不是腿脚，而是一条鱼尾。老两口儿想，这一定就是传说中的人鱼。

"她虽然不是人，可是你瞧，她的脸多漂亮啊。无论如何，她是神赐的孩子，我们要精心抚养。她长大以后一定会是个聪明乖巧的好孩子。"老头儿看着孩子，歪着头说。

人鱼一天天长大，越来越漂亮，每一个见过她的人都会为她美丽的容貌而赞叹，甚至有些人为了看她一眼而不惜大

老远跑来买蜡烛。

人鱼姑娘觉得自己的样子很怪，很少在人前露面。她每天都待在里屋，看老头儿制作蜡烛。有一天，她灵机一动，要是能在蜡烛上画上美丽的图画，那么大家一定会更愿意买蜡烛了。

姑娘把想法告诉了老头儿。

"你想画什么就画吧。"老头儿说道。

姑娘虽然没有学过绘画，但能用颜料在白色的蜡烛上画出鱼、贝壳和海草。

看到这些美丽的图画，老头儿吃了一惊。这些画真美呀，人们看见了一定会喜欢的。

果然，这些带图画的蜡烛很受大家欢迎，蜡烛店的生意越来越好。

从此，店里的客人络绎不绝。更加令人惊奇的是，不知从什么时候开始人们传言说，把这些带图画的蜡烛拿到寺庙点上，然后将没有燃尽的烛根揣到怀里出海，无论遇到多大

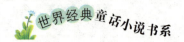

的风浪，都可以平安回家。

"寺庙里供奉着海神呢，用这些好看的蜡烛上供，海神当然会高兴啦！这一定是海神在保佑我们！"镇上的人都这样说。

而在蜡烛店，因为蜡烛卖得快，老头儿一天到晚拼命地做蜡烛，人鱼姑娘也忍着手臂的酸痛不停地绘画。

"我绝不能忘记两位老人的恩情，是他们抚养了我这个不同于人类的孩子。"人鱼姑娘想到这里，大而黑的眼睛便湿润了。

一传十，十传百，不久，那些水手、渔夫为了得到带图画的蜡烛，纷纷从远处赶到蜡烛店。他们买蜡烛上山供奉，然后将烛根揣进怀里带回家。这样一来，山上寺庙里的烛光便昼夜不熄。特别是在夜里，烛光闪烁，美丽极了。

"真是神灵在保佑着我们！"人们这样传说着，很快这座小山就有了名气。大家赞颂神明，却不曾想到这些蜡烛是出自一个人鱼姑娘的手。

姑娘累的时候，常常会在明亮的月夜，眼含热泪望着窗外，怀念远方湛蓝色的大海。

一天，从遥远的南方来了一个行走江湖的商人。他想到此地寻找一些稀奇的东西，带回南方赚大钱。他听说画蜡烛的姑娘竟是世上罕见的人鱼，于是悄悄来到蜡烛店，表示愿意花高价买下人鱼。

老两口儿认为人鱼是神灵赐予的孩子，卖了她会受到惩罚，所以不肯卖。商人虽被拒绝，仍一再向老两口儿苦求，还煞有介事地说人鱼是不祥之物。

老夫妇动摇了，决定将人鱼姑娘卖给商人。商人约定了领人时间，高兴地离开了。

羞怯、善良的姑娘知道了这件事，非常惊讶，一想到要离开家，到陌生的南方去，就感到非常害怕。她苦苦哀求老夫妇，让她继续留在这里。但是，这对鬼迷心窍的老夫妇，再也听不进姑娘的哀求了。

姑娘把自己关进屋子，一心在蜡烛上绘画……

几天之后，在一个月光皎洁的晚上，姑娘一边听着大海的波涛声，一边想着自己的未来，不由得悲伤万分。她仿佛听见有谁在远方呼唤自己，于是从窗子往外看，可是只有月光照在无边无际的大海上。姑娘又坐下来聚精会神地绘画。

按照约定的时间，商人来了。商人的车上还有个木笼子，原来他听说人鱼是海里的动物，于是把人鱼姑娘和老

虎、狮子一样看待了。姑娘平心静气，还是低头绘画。这时候，老夫妇走了进来。

"你该走了！"老夫妇说着要牵姑娘的手。

因为被催得紧，姑娘无法将手中的蜡烛绘完，便索性把它们全部涂成了红色。姑娘留下三根红蜡烛作为纪念，然后跟着老夫妇走出屋子。

在一个寂静的夜晚，突然传来了一阵敲门声。老太婆起床一看，一个皮肤雪白的女人站在门外。女人长长的头发湿漉漉的，原来她是来买蜡烛的。

女人最后选了人鱼姑娘留下的三根红蜡烛。等客人离开，老太婆才发现女人给的钱居然是贝壳，急忙追出去，可是已经不见踪影了。

就在这天夜里，天气突变，风雨大作。而此时，商人正带着人鱼姑娘乘船赶往南方。

"这样的暴风雨，那条船没救了。"老太婆颤抖着对老头儿说。

夜深了，海上一片漆黑，十分吓人，无数条船都被大浪掀翻了。

更奇怪的是，自那天起，只要在山上的寺庙点起红蜡烛，无论天气有多好，都会立刻狂风大作。从此，红蜡烛成了不祥之兆。

蜡烛铺的老夫妇知道这是神在惩罚他们，从此关闭了店铺。

很快，消息传开，再也没有人来山上拜神了。过去很灵验的寺庙，现在成了人人回避的地方。

一到夜里，这一带的大海便有一种让人说不出来的恐怖。无论朝哪边看，都是一望无际的惊涛骇浪。海浪撞击着礁石，泛起白色的水沫。云缝间透出的月光映照在海浪上，让人不寒而栗。

在一个月夜，有人看到，海面上漂浮着几支忽闪忽闪的红蜡烛，然后慢慢升起，向寺庙飘去。又过了很久，山脚下那座小镇成了一片废墟，消失了……

牧童和强盗

　　从前有一个叫花木村的小村庄，里面住着一些诚实善良的村民。

　　村子里每家每户都拥有自己肥沃的良田、成群的家禽、憨厚的小牛犊和蹦蹦跳跳的小马驹。一切都显得美丽和谐，人们过着幸福美满的生活。

　　一天，五个盗贼鬼鬼祟祟地来到村子附近。

　　盗贼穿着破破烂烂的衣服，藏在竹林里。

　　其中一个身材瘦高、脸上有刀疤的男人，是盗贼头儿。他望着前面的小村庄，流着贪婪的口水。

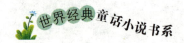

"你们几个进村去看一看，哪家有钱，哪家的门最好撬，我就在这儿等着你们！"盗贼头儿吩咐道。

"是，头儿！"另外四个盗贼懒洋洋地回答说。

"你们刚当上盗贼，可别给我搞砸了。"盗贼头儿皱着眉头说。

"听见了吗，釜右卫门？"盗贼头儿恶狠狠地对一个盗贼吼道。

"听见了，头儿！"五大三粗的釜右卫门大声回答说。

直到昨天，釜右卫门还在走街串巷，到处吆喝，揽着补锅的活，一天吃不上一顿饱饭。

釜右卫门给别人补锅时，曾听说村里的一户有钱人家被盗，丢了很多金戒指、玉手镯之类的贵重物品。

恰巧，昨天他在城外碰见了盗贼头儿，于是就跟了过来，想要大赚一笔。

盗贼头儿听了他的回答，满意地点了点头，然后转向另一个人。

"听见了吗，海老之丞？"盗贼头儿的目光落在了一个满脸皱纹的老头儿身上。

海老之丞好像根本没有听见盗贼头儿的话，仍在摆弄一大串稀奇古怪的铁片。

昨天，海老之丞帮一个富翁配了一把百宝箱的钥匙，富翁很满意。可是他却不知，只要海老之丞想打开百宝箱，用他手里的这串稀奇古怪的铁片就可以轻松搞定。

"听见了。"发现盗贼头儿站在自己面前，海老之丞挺了挺腰板儿回答说。

"角兵卫，你听见没？"盗贼头儿的声音变得很温柔，用手拍了一下身边少年的肩膀。

之前，盗贼头儿在街上闲逛，看见角兵卫正在挨家挨户表演翻跟头、耍狮子的节目。

盗贼头儿挺了挺胸走过去，拦住角兵卫。

"你愿意挣大钱吗？我可以教你，我是最伟大的盗贼！"盗贼头儿得意地说。

"盗贼？做盗贼有什么好的。"角兵卫白了他一眼。

"盗贼可以赚很多钱，还可以走南闯北！"盗贼头儿自豪地说。

"好啊，我确实想到处看看！"角兵卫眨巴着眼睛，点了点头。

就这样，角兵卫成了盗贼头儿最得意的手下。

"你呢，刨太郎？"盗贼头儿对一个蹲在一边摆弄木匠工

具的少年说。

刨太郎是一个木匠的儿子，喜欢做一些小桌子、小凳子之类的东西。昨天，他正在院子里做木凳，恰巧盗贼头儿路过。

"孩子，你想见识一下各家家具的样式吗？"盗贼头儿打断了他的工作。

"当然想，但怎么能进到别人家看呢？"刨太郎疑惑地问。

"跟我走吧，去做一个盗贼，这样你就可以走千家、入万户了。"盗贼头儿回答说。

就这样，刨太郎也成了盗贼头儿的徒弟。

晚上，盗贼头儿为四个徒弟举办了一个晚会。

"明天你们就是盗贼了，就会有很多很多的钱。"盗贼头儿宣布。

晚会结束，徒弟们东倒西歪地躺在篝火旁睡着了。釜右卫门的呼噜震天响，海老之丞梦中磨牙，角兵卫梦话连连，

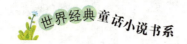

只有刨太郎睡得最安稳。

盗贼头儿在一旁喝酒，将这一切看在眼里。

"这是你们作为盗贼第一次去执行任务，一定要小心。我是师傅，就在这儿抽烟等着你们。"盗贼头儿说着点上一支烟。

徒弟们商量着，应该打扮一下再进村，但是要打扮成什么人呢？

釜右卫门根本不用化妆，本来就是个走街串巷的补锅匠。海老之丞拎着一串铁片，一看就是个锁匠。角兵卫经常翻跟头，是个天生的杂耍艺人。至于刨太郎，成天背着斧子和锯，一看就知道是个木匠。

四个人大模大样地向村里走去。

看着徒弟们进了村，盗贼头儿坐在草地上抽起烟来。

他是一个名副其实的盗贼。记得有一次，他进村去偷一个老太太家的母鸡，虽然捂住了母鸡的嘴，但却不小心撞到了鸡舍的门上，惊动了旁边的大白鹅。大白鹅伸长脖子叫起来，又惊动了狗，狗也大声呼应。村里的人们拿着棍棒，一起冲出来。

最后，他钻进一个地沟，才躲过了一顿暴打。

"现在可不一样了，从今天开始，我已不再是一个人，我当上了盗贼头儿，可以对徒弟们发号施令，让他们伺候我，让釜右卫门做饭，让海老之丞端洗脚水，让刨太郎洗衣服，至于角兵卫，就让他给我当传令兵。有他们养着我，以后什么都不用我亲自动手了。我就应该像现在这样，躺在地上，望着蓝天、白云。当头儿的感觉真是太好了！"盗贼头儿躺在草地上，咬着一根草棍儿，不知不觉竟睡着了。

"头儿，我找到活儿了！"釜右卫门大喊大叫着跑了回来。

"什么情况？"盗贼头儿从梦中惊醒，从草地上跳起来。

"村里的一个大户人家，有一口大锅，那是一口足足可以煮三斗米的大锅，一看就很值钱！"釜右卫门兴高采烈地说。

"快住嘴吧，我不是让你去偷破锅的！"盗贼头儿狠狠地训斥道。

釜右卫门不知所措地站在那里。

"你手里的破锅是怎么回事儿？"盗贼头儿真的生气了。

"我从一户人家门前经过，发现它挂在篱笆墙上，上面漏了个洞。补这个洞太简单了，我向女主人要二十个铜板儿，她竟然答应了。"釜右卫门得意扬扬地举着手中的破锅说。

"你这个傻瓜，看你干的好事。别忘了你现在的身份，

盗贼可以去补锅吗？你是不是忘了自己的任务，马上滚回去！"盗贼头儿气得胡子都翘了起来。

釜右卫门这才想起了自己现在的身份，马上拎着破锅返回村里。

接着，海老之丞回来了，一副垂头丧气的样子。

"你怎么啦？"盗贼头儿担心地问。

"这里每家仓库的锁头，连孩子都能拧开，看来我要失业了！"海老之丞说着竟呜呜地哭了起来。

"失业，什么意思？"盗贼头儿有些不明白。

"我是配锁的呀！"海老之丞擦了擦眼泪说。

"你现在是干什么的，每家的锁连孩子都能拧开，这不正合我们的意吗？你难道忘了自己的身份，真是个蠢货！"盗贼头儿气得火冒三丈。

"对啊，这不正是我们求之不得的吗！"海老之丞恍然大悟，转身返回村子。

一阵笛声传来，这次是角兵卫回来了。

"别吹啦，当盗贼要尽量不发出声音。说吧，你都发现了什么?"盗贼头儿大声制止。

"我发现了一个院子，一位头发、眉毛和胡子都雪白的老头儿正坐在院子里吹着笛子。见我听得入迷，老头儿就又吹了三首曲子，还把笛子送给了我。"角兵卫绘声绘色地讲述道。

"看来你也忘记了自己的身份。把笛子扔了，再回去看看!"盗贼头儿责备道。

角兵卫只好把笛子放到草地上，返身进村。

最后一个跑回来的是刨太郎。

"你看见什么好东西了?"盗贼头儿问。

"我发现了一个大财主，他有幢气派的房子，里面的家具不仅样式新颖，做工也非常考究。最神奇的还是他客厅的天花板，是用一整块萨摩杉树的木板做成的。要是我父亲看见，还不知他有多高兴呢!"刨太郎滔滔不绝。

"你就没想过把那块天花板拆下来?"盗贼头儿讥讽道。

刨太郎这才想起自己的盗贼身份，于是低头跑回了村子。

突然，远处传来"抓盗贼、抓盗贼"的喊声。盗贼头儿一惊，急忙从地上爬起来。

他四下瞧看，只见一群孩子挥舞着绳子跑来跑去。

"原来是在做游戏啊！"盗贼头儿松了一口气。

"叔叔，能帮我牵一下牛吗？"盗贼头儿的身后传来一个清脆的声音。

盗贼头儿转身一看，原来是一个眉清目秀的牧童，手里牵着一头小牛犊。还没等他反应过来，牧童已经把缰绳塞到了他的手里，转身和其他孩子们玩儿去了。

手里牵着小牛犊，盗贼头儿别提有多高兴了。

"这下可以在徒弟们面前炫耀一番了，我不费吹灰之力就得到了一头小牛犊。"盗贼头儿想。

小牛犊很温顺，偶尔用尾巴赶走苍蝇和蚊子。盗贼头儿望着小牛犊，不由得笑出声来。

"太好了，真是太好了！我这是怎么啦，怎么哭了？"盗贼头儿热泪盈眶。

是啊，盗贼头儿确实哭了。此前，他一直被人冷眼相待。哪怕是他主动搭讪，有说有笑的人们也会立刻停下来，把脸转到一边。

可是，牧童却非常信任他，还将小牛犊交给他保管，而小牛犊也一直温顺地站在他身旁。

盗贼头儿还是第一次遇到这种事儿，能够得到别人的信任。

"这是多么美好的事情啊！"想到这些，盗贼头儿竟然号啕大哭起来。

盗贼头儿开始回忆，仿佛又回到了孩提时代，他牵着妈妈的手，随心所欲地和妈妈说着话，所有人都对他们投来温暖的目光。

可是，不记得是什么时候了，妈妈走了，去了一个很远的地方，就再也没回来。他被一个老头儿抱走，从此开始了

盗贼生涯。那个老头儿就是他的师父——一个老盗贼。师父教会了他偷盗、放火，因为从小就做这些事儿，他自己也心安理得。

"唉，真是往事不堪回首啊！"盗贼长叹一声。

黄昏时分，松蝉停止了鸣叫，村子里升起袅袅炊烟，红色的火烧云蔓延开来。

盗贼头儿一边想，一边静静地等待着。

"牧童也该回来了，等他一回来我就把小牛犊还给他。"盗贼头儿牵着小牛犊暗想。

这时，四个徒弟回来了。

"头儿，我们回来了！"四个徒弟兴冲冲地一齐说道。

"头儿，您果然不一般！我们还在村里转悠，您却已经得手了！"釜右卫门看着小牛犊说道。

"是啊。"盗贼头儿随口应了一声。

"头儿，你怎么了，不高兴吗，为什么哭了？"海老之丞问道。

"眼泪这东西，怎么流起来就没完？本想和你们炫耀一番，可现在……"盗贼头儿擦去泪水。

"头儿，这次我们可看清楚了，村东头儿的人家鸡鸭成群；村中间的人家粮食满仓，仓门的锁一拧就开；村西头的人家是木房子，三两下就能刨开。"角兵卫讲述着村里的情况。

"嗯，知道了。"盗贼头儿有气无力地说。

"您就不夸夸我们，我们这次可是看得清清楚楚！"角兵卫有点儿不甘心。

"角兵卫，你没看见头儿在伤心吗，他一定有什么烦心的事儿。"刨太郎肯定地说。

"头儿，快告诉我们！"徒弟们不约而同地问道。

"这头小牛犊是一个牧童托我保管的，可是这么晚他还没有回来，你们帮我去找找他好吗？"盗贼头儿的声音变得柔和起来。

"头儿，到手的东西不要，我们还是盗贼吗？"釜右卫门迷惑不解地问。

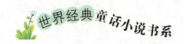

"这个……你们不懂!"盗贼头儿想起牧童真诚的表情,眼睛又湿润了。

盗贼头儿用颤抖的声音向徒弟们讲述了自己的过去,徒弟们也突然有了同样的感受,五个人哭作一团。

听了盗贼头儿的话,四个徒弟决定寻找牧童。

"你们一定要注意,他是个眉清目秀的小男孩儿。他穿

着一双草鞋，七八岁的样子。你只要看一下他的眼睛，就能感受到他对你的信任。"盗贼头儿描述着牧童的模样。

徒弟们出发了，盗贼头儿还是不放心，于是牵起小牛犊也跟着进了村子。

他们在房前屋后仔细地寻找，可是一点儿线索都没有。他们向村里人打听，村里人也都说没看见，甚至说小牛犊也不是这个村的。

"谁还有什么办法？"盗贼头儿有些急了。

"是啊，谁有办法？"釜右卫门附和道。

"我看是找不到了！"海老之丞疲惫地躺在一块大石头上说。

"我一定要找到他，把小牛犊还给他。"盗贼头儿的态度十分坚决。

"我们去报案吧！"角兵卫建议道。

"我们是盗贼，怎么去报案呢？"刨太郎神色有些慌张。

"还是去报案吧！"盗贼头儿抚摸着小牛犊，想了想说。

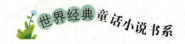

"头儿……"刨太郎还想说什么，可盗贼头儿已经牵着小牛犊向前走去。

盗贼们来到村长家，这里的案子都是由村长处理的。

村长是个白胡子老头儿，戴着一副大眼镜。一看村长是个老头儿，盗贼们立刻放心了。

"有一个牧童不见了，怎么办？"盗贼头儿向村长详细讲述了事情的经过。

"我看你们不像是本地人，你们都是从哪儿来的？"村长上下打量着五个盗贼，慢吞吞地问道。

"我们从很远的地方来，只是路过这里。"盗贼头儿的声音有些颤抖。

"你们该不会是盗贼吧？"村长推了下眼镜，凑近盗贼头儿仔细瞧看。

"怎么会呢，我们都是手艺人，有补锅匠、锁匠和木匠，您看他们手里还拿着工具呢！"盗贼头儿做出一脸委屈的样子。

"也对，如果你们是盗贼，就不会把别人托付的东西还回来了。我们村就怕有陌生人来，我们曾经上过当，所以只要见到陌生人，首先会想到他是骗子、小偷。这是我做村长的责任，请见谅。"村长实话实说。

"你们一定都累了吧？我这儿恰好有一瓶好酒，咱们就一起喝酒赏月吧！"村长亲切地拍了拍盗贼头儿的肩膀说。

盗贼们和村长一起围坐在桌旁。几杯下肚，盗贼们完全放松了，忘记了自己的身份，也忘记了自己此行的目的，尽情饮酒，有说有笑。

角兵卫为大家唱歌、跳舞，后来，全桌人也跟着跳起舞来。

跳着跳着，盗贼头儿发现自己又流泪了。

"我们的头儿今天总是哭哭啼啼，莫非我们进村时他就喝了酒？"釜右卫门满脸疑惑地望着盗贼头儿。

"不可能，头儿不是那样的人！"海老之丞肯定地说。

"头儿是个多情的人，所以爱流泪。"角兵卫喝得满脸通

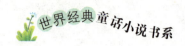

红。

刨太郎没理他们，在一旁研究起了桌子上的雕刻。

直到第二天清晨，盗贼们才离开村长家。

他们走在乡间的小路上，觉得非常轻松。村民们主动上前和他们打招呼。村民们听说他们为了不负别人的重托，整整等了一天，最后还把小牛犊交给了村长，所以都认为他们是非常信守承诺的人。

　　"看，那个就是釜右卫门，他是个非常好的补锅匠，我家的锅破了个洞，他说二十个铜板儿就能补好。"一个大婶说道。

　　"给你补好了吗?"一个村民问。

　　"没有，他去找小牛犊的主人了，没时间啊!"大婶遗憾地说。

　　"现在应该有时间帮你补锅了。"村民们将目光投向釜右卫门。

　　"头儿，我该怎么办?"釜右卫门小声问盗贼头儿。

　　"那还等什么，快去补啊，那是你的拿手绝活儿!"盗贼头儿笑着说。

　　"好嘞，您就瞧好吧!"釜右卫门高兴得跳了起来。

　　锅很快就补好了，釜右卫门刚想歇一会，发现又来了很多人，他们手中拿着破壶、破锅。

　　"大家一个一个慢慢来。"釜右卫门高声说道。

　　看到海老之丞和刨太郎也都带着工具，村民们便也邀请

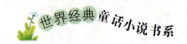

他们去家里做活儿。

"头儿，你说我去吗?"海老之丞抖动着那串铁片慢吞吞地问道。

"头儿，我也去吗?"刨太郎望着盗贼头儿问道。

"去吧，乐于助人是美德!"盗贼头儿的脸上笑开了花。

角兵卫来到村里的小舞台，吹起了笛子，笛声悠扬悦耳。村民们不约而同地围过来。在角兵卫笛子的伴奏下，大家欢快地跳起了舞。

盗贼们要离开村子了，村民们纷纷赶来送行。

在村民心中，他们是爱哭的头儿、好心的补锅匠、妙手锁匠、爱笑的杂耍艺人和沉默的小木匠。

盗贼们刚走出村口，盗贼头儿好像突然想起了什么，一下子站住了。

"头儿，怎么了?"刨太郎问道。

"我忘了一件事儿，还得再去一趟村长家。"还没等徒弟们反应过来，盗贼头儿就径直向村长家走去。

五人个气喘吁吁地来到村长家。

"村长，等一下，我还有事儿要说！"盗贼头儿跑到村长面前，扑通一声跪倒在地。

"你把我抓起来吧，其实我们都是盗贼。我是头儿，他们是我的徒弟。本来不想坦白，可是看到您这么信任我们，我觉得不能再欺骗您了。"盗贼头儿坦白了事情的经过。

听到这些，村长马上惊呆了。

"不过，他们几个是我刚刚收的徒弟，还没做过任何坏事儿，请您饶了他们吧！"盗贼头儿请求道。

最终，他们得到了村长的谅解。

第二天早晨，五个人出了花木村，向不同的方向走去。

"做人要心地善良，以后绝不能再做盗贼了。"他们牢记着村长的嘱托。

五个盗贼都改邪归正了，过上了自食其力的生活。

可那个放牛的牧童是谁呢？是他救了花木村，还把五个盗贼变成了好人。

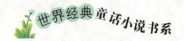

人们非常想找到那个牧童，把小牛犊还给他，可怎么都找不到。后来，那头小牛犊也消失了，这真是一件不可思议的事情啊！

几年后的一天，村里举办晚会，台上站着一位少年，他一会儿舞狮子，一会儿又吹笛子。

他身后还站着四个人——爱哭的头儿、补锅匠釜右卫门、锁匠海老之丞和小木匠刨太郎。

当然，舞狮子的人就是杂耍艺人角兵卫。

台下的观众是花木村的村民，正在为精彩的表演鼓掌、欢呼。

这就是花木村，据说，只有心地善良的人才有资格住在这里。